U0053268

落日是紅顏

和權詩集

和權 著

寫給詩・寫給遠方的人

她說：
遇到你，此生無悔

詩人說：

情詩千首　一根燃燒的
蠟燭　瞬間熄滅了。光
卻留在妳的心中

序

李怡樂

「落日是紅顏」，是「陪時間跳舞」的孿生詩集。本集分為：

第一輯　落日是紅顏
第二輯　煙臺的小雨
第三輯　守護神

以上共計三佰二十一首詩，是「陪時間跳舞」精彩的延續。

作者喻「落日」為貌美的女子（紅顏），新穎的比喻。雖然，落日「不再光芒四射」，仍屬「陽」，或許有人會「誤讀」：落日思紅顏。（一笑）

她（落日），「坐在海面上　沉靜而平和　傾聽天地線彈出的心音」；她，「聽懂了　笑得那麼　燦爛」——頗有禪意。作者通過「紅顏」意欲表達的弦外之音，給讀者提供了廣濶的想像空間。

作者於詩集中標明：寫給詩，寫給遠方的人。請看當「妳」是「詩」「詩」是「妳」：

〈燈下讀詩〉

讀了一生
仍然不太懂
妳

詩啊
妳懂我嗎？
真的
懂我的悵然
和憂思？

詩，是一門大學問。窮一生精力苦學，也沒人敢說全懂。「妳」，即使是自己的另一半，誰人敢說，瞭解其全部思想。此詩是「妳」，也是對「詩」表示心中的疑惑。反過來也一樣，「妳懂我嗎？」耐人咀嚼。

〈輕愁〉

腦海中
一抹
夕陽

遠方的人啊
妳淡淡的哀傷
就是
那麼美

如詩

此詩雖短，內涵豐富。
夕陽——妳——詩。作者取其共通之處，轉換得極為自然。
「夕陽」（即落日），柔美的色彩，依依不捨傷別離的神態，映現在詩人「腦海中」，極似「妳淡淡的哀傷」（落日是紅顏）。這種林黛玉式的美，很能牽動人的惻隱之心。由此，作者聯想到，古今描寫苦難、離愁、憂思的詩詞，總是動人心弦，感人情腸，千古傳頌。故而「如詩」——詩的神韻。

此詩當可視為以詩論詩的傑作。

和權不僅駕馭文字非常嫻熟，創作技巧也運用自如。

〈思念的腳步〉

假如夜裡
妳的心湖
無端泛起
一圈圈
漣漪

遠方的人兒呀
那是我
思念的腳步

抽象的「思念」被擬人化，整首詩便生動起來。詩中，時間是「夜裡」，距離是「遠方」。「思念的腳步」沒去驚擾「妳」的「心房」，作者很理智、細心，讓「腳步」輕觸「心湖」，那「泛起　一圈圈　漣漪」，是心靈感應的電磁波。

讀此詩可令人感受到，詩人感情之真、心意之善、夢境之美。

在詩集中，那些「輪迴」之類的作品，也同樣讓人耳目一新。現摘取一首與大家分享：

〈又再輪迴〉

從晶瑩的眼中
認出妳來
然而妳是魚
我卻是展翅飛翔的
蒼鷹
如何說愛
如何談情
如何苦訴千年的
思念

今生
真是前世的
果嗎？

今生，妳我相遇，我是「天空」上的鷹，妳是「海闊」裡的魚。生存於同一時間，卻在不同的空間。這種淒美的愛情故事，令人有剜心之痛。於是，詩人道：

——親愛。請聽我說

藏在傷口
一碰
就痛

——摘自「歷史」

這「歷史」即是輪迴的愛情史，此「痛」，戀愛過的人都會感同身受，特別是失戀者。

詩人的感情世界，豐富多彩，他的詩創作技巧更是新穎多變：

夜半醒來時
妳無意間
摸到
寸厚的
月光

——節錄「思念的月光」

假如　憂傷是
盛開的花
那就請秋天快來
讓憂傷
凋零。來日
再綻放
滿山遍野
快快樂樂
的
迎春花

——摘自「迎春花開了」

當「她」問，今晚在幹什麼？詩人的回答很奇特：

靜坐
等待貴客

死神
推門進來時
就提出要求：
走時
要帶走戰亂
貧窮　地震
水災　火災
和所有苦難

——節錄「她問：今晚在幹什麼」

由此可見，詩人的情感不是小我的愛，他的內心常憂思天下。他以詩抒懷，視詩為紅顏知己，終生伴侶。

燈下
與孤影
相對無言

微笑道
詩啊
好在有妳
不離不棄
相伴
一生

——摘自「不離不棄」

和權，充滿愛心的詩人
他愛「妳」、愛詩、愛眾生，他的「愛比夜色　深」（摘自

「一句話」）他的愛純潔：

淡淡的香味　不是來自
如花的笑靨。它來自心池
澆灌出的白蓮

——摘自「乾淨」

他借蒼鷹之口淡泊明志：

飛過了　蒼鷹說
我不在天空留影
心湖的倒影　也不留

——摘自「情」

當你打開詩集，有股淡雅之香，那即是詩人獻給讀者們融合真善美的詩香。

會說話的巨石
——序和權詩集《落日是紅顏》

張遠謀

每個時代都有詩人，都有偉大的詩人，也有低調的詩人。

和權，這位千島之國的華僑詩人，曾被瘂弦譽為華文詩壇一絕，但是在向明眼中的和權很少參加文藝活動，是一個獨來獨往的詩人。

和權是月曲了兩位好友之一，他的一首名詩〈宴會〉中有三行：

莫將感情留下
而忘記帶走如一件外衣
在門後　莫名其妙掛著

簡簡單單就道出人類情感世界的存在荒謬性，也無意間傾洩死黨和權他們簡單、疏離的性格。

從新批評以降，文本地位提升，作者式微，加上後結構主義羅蘭巴特（Roland Barthes，1915-1980）的「作者已死」論，德希達（法語：Jacques Derrida，1930-2004）的「解構」說，文學史其實逐漸旁落在文學的外緣研究，如女性主義、後殖民等，對於作者傳記、文學場域對美學的影響反而被忽略。

但是對於和權這樣一個作風和廿世紀英美詩歌界繼T.S艾略特後的另一巨擘拉金（Philip Larkin，1922-1985）如此類似的詩人，你要怎麼在和權的詩中大談文學理論呢？因為拉金就是一個堅持傳統，抗拒海外影響的一個人，他曾說：「我喜歡普通人，我過的是普通生活，日常瑣事對我來說都很可愛。」

惟不同處在於拉金會攻擊T.S.艾略特的現代主義，而和權則是對五花八門的文學形式無動於衷。為體恤母親辛苦掙錢供其上學，和權只讀到教華語與英語的中正中學（中正學院前身）就沒有再深造，詩藝全靠自學，雖獲獎無數，二度蟬聯王國棟文藝基金會詩首獎，卻謙卑自牧，行事低調。

和權的詩寫的是日常，總是從生活中的一草一木觀察，透露出他的詩心，他的文字雖然樸素，卻總在轉角或角落處能讓你看見一顆活蹦雀躍的詩心中入。

與其說和權寫詩，不如說和權說詩；曹植七步成詩，和權出口成詩。

《落日是紅顏》是和權另一本新詩集的孿生詩集，卷首語寫著「寫給詩・寫給遠方的人」，「寫給詩」表示他一生都在追尋「詩是甚麼」，那「遠方的人」則開宗明義說出了這本詩集是寫給時間和空間。

詩集分三輯【落日是紅顏】、【煙臺的小雨】、【守護神】，都是按三輯當中一首同名詩命名，每輯都有組詩、禪詩、情詩錯落有致，似無分類差異，但詩與詩之間卻有聯繫，如【煙臺的小雨】的〈一匹布〉與【落日是紅顏】的〈婚禮〉、〈小紅花〉：

〈一匹布〉

如果月光是一匹布　那就／把這顆心綉上一朵小紅花／獻給遠方的人

〈婚禮〉

用一匹月光／為妳剪裁合身／漂亮的／嫁衣裳／牽著妳的手

／步入銀河邊華麗的／教堂／讓妳微笑／作為永遠的／精神／伴侶

〈小紅花〉

心是／小紅花／很想／在妳的髮上／別上一朵／生生世世不凋的／花／作為辨識／當你用眼淚／說來生／相聚

在閱讀《落日是紅顏》的時候，你一定會感受到三百二十一首詩像星座，相互輝映。

五四退潮期中國盛行小詩，對人生哲理發出啾啾之鳴，但是經過小詩運動，小詩也會呈現出本身的局限，故而一度遭受左翼文學與當時一些自由主義者冷卻，直到最近台海兩岸盛行「截句」，詩人白靈並言「海峽兩岸詩人在創作詩時，不少人都犯了『把話說多』、『把意道盡』的毛病，洋洋灑灑，一下筆就數十數百行者，屢見不鮮，全然忘記『詩貴精簡』的法則」，所以小詩有再度死灰復燃之勢。

都說和權善於小詩，他一生至今出版過十五本詩集，其中一本是詩論，但也曾為菲國民族英雄黎剎寫過一百三十六行的長詩，證明和權並非不會長詩而是不寫，是他懂得自由詩不能自由過度，懂得每首詩和讀者依偎的長度。

帕慕克（Ferit Orhan Pamuk，1952-）在《伊斯坦堡》一書中說：「我們一生當中至少都有一次反省，帶領我們檢視自己出生的地方，問起自己我們何以在特定的這一天出生在特定的世界這一角。」和權也是，也說過「如果說我詩中有甚麼主調的話，它應該是對苦難人生的悲憫，對貧富對立的厭煩，對親人的愛戀，對戰爭的憎惡惱恨。」

從他在《隱約的鳥聲》那本詩集開始，直到現在將要出版的《陪時間跳舞》、《落日是紅顏》，他的詩越來越像說話，分析和權詩句的望景生情、托物言志，意象經營似乎並不重要，他只在乎修辭上的擬人、借代、譬喻、誇飾以及象徵，或許對他而言，英美詩歌不如李杜的唐詩來得有意義，就像第一輯【落日是紅顏】裡的這首小詩，完美表達了他的詩觀：

〈了無新意〉

月光
在湖水上
寫了一首詩
貓頭鷹
睜大眼睛　說道
了無新意

呵呵笑
詩說
天下文字比微塵
多
隨便組合一下
都有
新意

這些都是和權要說的詩，再過一段時間他可能就「停筆」了，因為他要說的話大多說了，除了大笑以外，已無遺憾。

英國詩人白倫敦（Edmund Blunden, 1896-1974）名句：「一塊

石頭，使流水說出話來」，和權是會說話的巨石，他的話語使他變作流水中的砥柱，據我觀察，或許就來自和權一生收藏寶石無數，廿多年前開始做水晶生意，學佛，念大悲咒，造就一位有如磐石性格的詩人。

作者簡介

張遠謀，1966年生於台北，台北藝術大學戲劇系畢，台北教育大學語文與創作所碩士班《張小舟批判詩學》作者，《臉書世紀詩選》主編。

落日與紅顏
——和權詩集《落日是紅顏》代序也待續

侯建州

《落日是紅顏》是菲華詩人和權在發行《和權詩三百》後，再接再厲完成的一部詩集。詩集分為【落日是紅顏】、【煙臺的小雨】、【守護神】三輯，整體而言，語言風格相較於以往作品更為柔軟。詩人在詩集目錄前一頁寫著「寫給詩・寫給遠方的人」，果然「有所思」，前者表現出詩人對詩的致敬；後者則是詩人對人，尤其是遠方的人的思念，兩得其中；或許也可詮釋為「詩寫給遠方的人，遠方的人寫給詩」，互相呼應。一為抽象而具象，一為具象而抽象，由詩寄人而人寄詩，詩人在有意無意間讓兩種甚或多種對象疊合，遠方讓感受與體知的界域拓展，思與詩交融而朦朧。如此一來，閱讀詩集，更需要越讀、躍讀，方能在有意無意中自然而然地靈視神悟，細品每一首新詩、深味每一首新詩裡含藏的情境與故事。

從詩集標題切入，「落日是紅顏」。詩人用自己的想像力，譬喻、擘畫了一個新世界，要有光就有了光。以落日指紅顏，跳脫一般以落日喻暮年之慣習窠臼，甚為新鮮，固然源於詩人稟賦，但也足見詩人以生活詩生命，以生命詩生活超過半世紀，仍孜孜矻矻，未曾鬆懈。實際上，和權在二十五年前就曾以落日為喻，寫下獨樹一格，令人驚豔的〈落日藥丸〉：

憂思天下，或許
不是癌症一般的
難以治療

只要
伸手取來落日藥丸
就著洶湧的海
暢快地
送下喉嚨

姑不論整首詩思考之深刻，視野之宏闊，僅以譬喻的角度觀之，此詩將「落日」視為「藥丸」，奇妙的連結，已是積澱傳統，新創突破，成為新詩史上的一件故事。而這「落日」也成為和權詩創作中特別重要的意象。意象要翻新，又要新的成功，除了創作者之個人才具，往往也需要機緣。因緣俱足，誠屬不易。故歐陽脩、蘇軾等人有所謂「禁體物語」，即是為了避開循習陳言。因為陳言之「典型在夙昔」，要突破這些優秀的陳言，談何容易？受此制約，後人作詩難免蕭規曹隨，持續重演複述前人之模式，造成詩思固定、慣性，而守舊消極、封閉僵化，浮濫而腐爛。所以才會有歐、蘇等人發展「禁體物語」，致力創意造語，作古今不經人道語。和權亦有此壯志豪情，於艱難中特出奇麗。直接挑戰爛熟意象，自出機杼，別成一家。〈落日藥丸〉之新鮮奇妙彷彿不落之日之高懸，如此成績，令人艷羨。值得注意的是，和權自我挑戰自我，勇於再突破，再度以「落日」為喻，自我新變。在藥丸之外，追新求奇，以落日為紅顏。詩集中直接以「落日是紅顏」為題的詩有三首：

〈落日是紅顏〉之一
啞默了數十年。天地線
這根琴弦　終於錚錚地
響了　因為確知　有耳朵

靜靜的聆聽

〈落日是紅顏〉之二
洗盡鉛華。落日　不再光芒
四射　坐在海面上　沉靜而
平和　傾聽天地線彈出的
心音

〈落日是紅顏〉之三
天地線
這根獨弦琴彈奏的
不只是悲欣

落日
聽懂了
笑得那麼
燦爛

三首詩皆是景中寓情。情因景而實，景因情而活，長於景者必深於情。三詩之處理，詩人皆似以旁觀者的全知觀點出發。固然詩世界是由詩人創造，但如何又為何這般作語造境現意抒情，是詩人與詩與世界的連結關鍵，亦是賞詩者通幽之秘徑。詩緣情，情發於衷，無動於衷者何得情沉如斯？觀三詩或見落日，卻未見紅顏。詩題名落日為紅顏，詩中卻難以見紅顏之影跡，似乎紅顏並無其人，故以落日為紅顏，難道純然僅是詩人妙喻，羚羊掛角，絕塵詩技之展演。若觀詩集中另外兩首以落日為題為象的詩：

〈落日多情〉

每天傍晚　落日都用暮色
為大海寫詩。水面平靜
沒有波瀾。落日不知道
大海心中另有月亮

〈落日大笑〉

落日　用雲霞寫了一首情詩
給大海。風兒似懂非懂　說
意猶未盡。落日大笑：那就
寫一百個「我愛你」

落日都以寫詩的詩人身分在情境中登場，或可謂以落日擬詩人，更可言詩人自況。詩人在〈長相廝守〉一詩中就以「妳是雲霞，我是那輪艷紅的情」直接揭示我是情，情是我；我是那輪艷紅，那輪艷紅是我。

不造因
也就沒有了
輪迴

妳是雲霞
我是那輪艷紅的
情

另一首〈情景交融〉：

落日
以大海為鏡子
照了又照
說：
我從不後悔
為妳
憔悴

月亮
心裡感動
流下月光
淚

與〈餘暉〉：

雲霞　更加燦爛
陶醉了每一張仰望的
臉。落日說
我已盡力使餘暉
更加
美好啦

大海　以浪濤
響亮的掌聲
予以挽留
落日卻笑著

逐漸隱沒於山後

兩處落日皆是詩中主角，展現之多情深情，正與前兩首之落日相互映照，互相發明。另一首〈無題七行〉：

「很想進入詩人的
心中
看看裡面
究竟有什麼」
她笑著說

千山　冰雪
落日　霞光

則明示詩人心中有落日。此處落日可以是詩人常懷之意象，詩意之晶洞。再讀一首宛如與〈落日藥丸〉異卵雙生的〈小藥丸〉：

「我愛生病」
妳說

遠眺著落日
心想
不管什麼病
包括相思
這顆小小的藥丸
都能
治癒

相較於〈落日藥丸〉憂思天下之大，和權此詩於提名就自報家門，以小博大，以情愛相思為依歸，更顯可愛。這種以情愛之情出發的筆調在此詩集中大量出現，使這部詩集之文字呈顯出柔軟的質感。如〈含羞的月亮〉：

火車
急馳
望窗外
見一輪收斂光芒
的落日　另一邊
是含羞的月亮

看了許久
逐漸露出微笑
它們是在暮色蒼茫中
深情
對望

或如副標題為「愛妳之心不變」的〈落日心〉：

看一次落日　就愉悅一次
幾番輪迴之後　落日仍是
如此美麗　紅艷艷

落日之美麗紅艷，於此不只可以是詩人之主體，亦能為詩人所愛之客體，主客界線消融在幾番輪迴之後。紅艷與紅顏音近義似。

若將目光投注至詩集中可見之紅顏，見詩集中〈紅顏啊紅顏〉：

讀了多少遍
落日以霞光
讀我的孤傲
冷漠
讀我眼中千年的
寂寞

終究讀不懂
淚眼暗示的
不僅僅是比太平洋深
的情愛　還有

比視野遼闊的
憐憫

這裡提及眼淚暗示的不僅是情愛還有憐憫。依照許多政治正確的詮解，都會將重點放在後者，我卻覺得閱讀本詩集，情愛更是詩人所更在意者，至少對我個人而言是如此。閱讀和權此詩集，自然可以找到其他視域，憂思天下的慈悲情懷與犀利諷刺，向來是其所擅，往往能在極短篇幅發揮極大效能，更韻味深長。詩人雖銳意求進，亦常有斬獲。但對於情，往往以慈悲與親情為體材大宗，鮮少直論伴侶之親密情愛。筆者以為此詩集相對其他詩集，更願意去探索此部分，若鄙見為真，不啻是詩人的另一重大突破。然或囿於保守風氣，詩人仍十分含蓄，也時常揉雜其他關懷，企圖更委婉地吐露心聲。如詩集中〈燈下讀詩〉，亦是一例：

讀了一生
仍然不太懂
妳

詩啊
妳懂我嗎？
真的
懂我的悵然
和憂思？

乍看之下，是以詩抒懷，視詩為終生伴侶，與其共抒天下之憂思。然而，鄙見卻任性以為此詩之憂思未必是關懷天下之大愛，「悵然」，更是關鍵。筆者並非否定詩人與詩對話的正當性，而是在讀此詩集後，隱約覺得詩中有人，詩人又試圖將其現實角色身分隱匿，所以可以看見同樣是落日或紅顏，指涉多重；詩亦然，見其〈不離不棄〉：

燈下
與孤影
相對無言

微笑道
詩啊
好在有妳
不離不棄
相伴

一生

或〈與詩戀愛〉：

已經去遠了　青春轉個彎
就永遠不見了。詩啊　妳
仍然晨昏陪著我　守著憂鬱
守著憐憫　不離不棄　柔聲說：愛你

這裡將詩視為相伴一生的愛戀對象，不離不棄，故可謂事實。但筆者讀到〈想念〉：

妳走了以後　心　被挑動的
心弦　逐漸地
化為摸不著的天地線

再回頭思索三首〈落日是紅顏〉的天地線，總覺有私人的動人故事。再讀詩集中〈讀詩的人不多〉：

寫給風看？
寫給樹影看？
寫給月光看？

啊不
寫給千古的寂寞
看
寫給心上的人兒

看

這「心上的人兒」顯然不是詩本身。詩集中〈遠方的人〉：

知道妳
一遍遍
輕撫著詩集
撫摸著詩人的
臉

那麼溫柔
那麼憐惜
令人想起媽媽
那雙
在銀河邊做飯的
手

這位「遠方的人」之指涉，其中之一固然可能是生性孝順的作者之母。但對照詩及其他選詩，又覺得有其他可能。可以肯定的是和權此詩集滿溢人的情味，是什麼情是什麼人？或許正如詩集中〈蜘蛛網〉一詩：

是思　是詩
也是絲
無意間
被網住了

無須掙扎
被黏在絲中
在這柔情的念
思中
等待獻身
未嘗不是件好
事

所有的記憶都是潮溼的，有些問題的答案就像一個祕密，永遠不會有人知道，或每個讀者的脈絡都有所別異，交織出不同的光彩。然而在落日・紅顏之中或之外，閱讀詩集都能獲得情的迴響。或許永遠都無法也不必追問詩人，只需細細品讀詩集，沉靜而深邃的體察，隱隱約約找到自己的答案倒影。若執意要問詩人，落日何指？紅顏何人？相信詩人會忍不住大笑，不，微笑。並如此回應：

嗯！
那就指給你看：
綠葉上
全是晶瑩的
露珠

摘錄自〈多嘴的筆〉

落日轉為紅顏，是心思與新詩的交會流轉，相信詩人還會有更多思與詩，繼續與我們交流分享！

CONTENTS

第一輯　落日是紅顏

第二輯　煙臺的小雨

第三輯　守護神

第一輯

落日是紅顏

落日是紅顏（之一）

啞默了數十年。天地線
這根琴弦　終於錚錚地
響了　因為確知　有耳朵
靜靜的聆聽

落日是紅顏（之二）

洗盡鉛華。落日　不再光芒
四射　坐在海面上　沉靜而
平和　傾聽天地線彈出的
心音

落日是紅顏（之三）

天地線
這根獨弦琴彈奏的
不只是悲欣

落日
聽懂了

笑得那麼
燦爛

即興八行

般若心經　天天唸
若是忘了這身臭皮囊
我或將越出萬千劫難
心無罣礙
上青天　逍遙自在
的笑。笑生命　笑
人生　也太
兒戲了

獨弦琴

未曾傾訴衷曲，因為沒有
耳朵。這顆心啊
一根啞默的天地線

似水柔情

妳
柔情似水

在詩中
我是一座山
山嶺和綠水
相會
便成了優美
的

風景

詩中的相會

沒有噩夢
入睡前　就乘著
妳的柔情
漫遊於詩境

即使妳在北
我在南
未能　四目交投

傾訴千年的
相思
也欣喜於
詩中的相會

思念的腳步

假如夜裡
妳的心湖
無端泛起
一圈圈
漣漪

遠方的人兒呀
那是我
思念的腳步

傻笑

輪迴　多好
青春又回來了
憑著一首

詩
妳終會再來
輕叩我的心
扉

坐在暈燈下
筆和稿紙
都不知道詩人為何
傻笑

地址

若問
地址
就給你一個
比雲霞還要美麗的
名字

有她的地方
就有我的
心
那就是我永久的
地址

無題七行

「很想進入詩人的
心中
看看裡面
究竟有什麼」
她笑著說

千山　冰雪
落日　霞光

憐愛小黃花

都說上帝造人
是為了榮耀
祂
風兒說

一朵馨香的
小黃花　笑道
是為了
疼惜人家的

什麼是美？（之一）

無言。望著月光的
純淨　以及滿湖的寧靜

什麼是美？（之二）

癡視妳
在燭光中輕聲
唸經
猶如一朵初開的
蓮
那麼潔淨
平和　寧謐

微微感動了
終於看到
這人間之至
美

惜花

妳自比是
一朵
荊棘裡　開出的
花。愈是流淚
愈是仰望

遠方的人啊
請不要悲傷　不要
自卑。有人願意
化身為灰雲
天天用思念的
雨水　澆妳
疼妳惜妳

想念

妳走了以後　被挑動的
心弦　逐漸地
化為摸不著的天地線

第七次輪迴

也許是
第七次了
找到妳時
心海　仍有
欣喜的波瀾
惟妳已是人母
如何　如何
傾訴相思

是否
聽見這心海千丈的
浪濤？

奇異的花朵

揮毫寫詩
天空
落下奇異的花朵
是以字裡行間
有股淡淡的
芳香

只有妳
知道
馨香來自合什
傷感的
心

草葉感動

遇見
不必在花朵美艷
的時候

願妳是
含羞草
輕輕一觸
就有無限的
感動

三行

沒有翻飛的蝴蝶。如果
你的心依然大雪紛飛
掙不出一朵小紅花

天上一天

看了人間的
幾度輪迴
皎潔的月亮
慨嘆道：
全是悲劇
重演

一顆晨星
笑道：
你只看了一天
就厭倦了
下面演戲的
卻樂此不疲哩

思憶前世

前世
一句枕邊的
細語
是否變成了
今生
比天上流洩下來的

月光
還長的情？

微醺
詩人在暈燈下
自問

今生

又輪迴了
卻憂傷於找到
妳時
年華已老去
只剩下一顆不老的
詩心

而妳卻清香幽美如
蓮

又再輪迴

從晶瑩的眼中
認出妳來

然而　妳是魚
我卻是展翅飛翔的
蒼鷹
如何說愛
如何談情
如何苦訴千年的
思念

今生
真是前世的
果嗎？

與詩戀愛

已經去遠了　青春轉個彎
就永遠不見了。詩啊　妳
仍然晨昏陪著我　守著憂鬱
守著憐憫　不離不棄　柔聲說：愛你

盛開的年華

顫動的花朵
不屬於

枝椏　樹林
微風　春天

靜靜的
它　靜靜的
凋零
回歸泥土

婚禮

用一匹月光
為妳剪裁合身
漂亮的
嫁衣裳

牽著妳的手
步入銀河邊華麗的
教堂
讓妳微笑
作為永遠的
精神
伴侶

苦海

一個善意的
笑
便是岸

俯耳過來

叮噹叮噹
這心的小院閒庭
泉水
反覆說個
不停

說的是
眾生
平等

詩與花

假如
妳美麗成一朵

小紅花
詩人就把妳的艷容
和馨香　留在
字裡行間

當歲月去遠了
妳仍在詩中
綻放
馨香

盪至歲月之外

無畏
現實的撞擊
親愛
每一下重重的
撞擊
都讓心頭
這一座古寺的大鐘
發出悠遠沉沉的
聲音
盪至山外山
盪至歲月之
外

癡情

灰雲　泫然淚下：
我連塔亞湖
滿臉的
皺紋　也愛

燈下獨酌

今晚
無眠
發現窗外有輕微
的叫聲

用心聽
不是風中沙沙的
樹葉
而是遠方的人兒
柔聲的
呼喚

垂釣

乘詩的小舟　在時光的長河
垂釣　詩人這樣說
是的　釣名釣利　釣美人魚
卻有人鈎上無餌

情景交融

落日
以大海為鏡子
照了又照
說：
我從不後悔
為妳
憔悴

月亮
心裡感動
流下月光
淚

了無新意

月光
在湖水上
寫了一首詩
貓頭鷹
睜大眼睛　說道
了無新意

呵呵笑
詩說
天下文字比微塵
多
隨便組合一下
都有
新意

青草

相思　已蔓延至天邊
直到今生　仍在生長
躲也無用
瞧！妳的後花園

甚至四周圍　都有
它的蹤跡

問月

知否　今夜
遠在天邊的人兒
會想我念我

她是否知道
窗外大樹的枝椏
為何
全指著隔海
的
方向

讀詩的人不多

寫給風看？
寫給樹影看？
寫給月光看？

啊不
寫給千古的寂寞
看
寫給心上的人兒
看

人情・愛情

霜雪
冰封了人間
可是
一定有間木屋
一壺茶
幾冊詩集
和熱烘烘的
壁爐

等著你

終極輪迴

入定了
一念不生

石頭
不造因
也就沒有了
輪迴

卻擔心
蹦出一隻石
猴

長相廝守

不造因
也就沒有了
輪迴

妳是雲霞
我是那輪艷紅的
情

花和樹

妒火
一燒

便成了今生
這個模樣

妳是一朵花
迎風搖曳於湖畔
我是一棵樹
長在路邊
看盡人間的
悲欣

另一種春天

不再
年輕
或會先妳而
去

留下詩三千
留下情和愛
啊之前
是否　多用妳的
淺笑
給他多一些
春天

溶化的詩

照進窗來
月光
似在讀著你
剛寫的情
詩

讀著讀著
這首詩
竟溶化起來了
逐漸
溶入時間中
成為天長
地久

寫露珠

荷葉上
凝聚了
夜裡的思念

天剛亮
就消失不見了

化為
一首詩

迎娶美嬌娘

新娘是詩
詩是新娘

其實
嫁與不嫁
都是一樣的

妳是
詩人的影子
走到哪　情愛
就跟到哪

一片黃葉

憂思是
一片黃葉
一封秋天的信

此心是郵箱
將把它
送到遙遠的
北方。讓妳
流下滾燙的
淚

明月當空

人生
一道閃電
別說啊別說
應有歲月可回
首
且以深情
共白頭

過了今宵
當空的明月
沒了
星子們也
匿跡了

小藥丸

「我愛生病」
妳說

遠眺著落日
心想
不管什麼病
包括相思
這顆小小的藥丸
都能
治癒

淚眼中

若非詩
恣意在心中
種植陽光
就沒有燦如春花的
笑容
就沒有憐憫
和大愛

淚眼中
也沒有淡淡的
清香

一疊詩稿

老樹　用年輪紀錄雷雨
和閃電。你用詩紀錄
每一次苦亦甜的思念

燃燒的生命

不就是火把嗎。妳為什麼
流淚？只因他說照耀不了
世界　也要照亮妳的心扉
？唉唉　火把愚癡　不知道
灰燼為何物

聆聽夜雨

是妳的淚
濕了我心中遼闊
的江山
抑是我的憐惜
濕了妳整個
的

蒼穹

一滴水．一粒塵

欣喜於
有了形象
草葉上一滴
水
於消失之前
依然
高高興興地
在陽光下
閃耀
光芒

一粒塵
也努力地
飛揚

思念是長線

飛得更高　風箏
望向歲月的盡頭　搜尋
夢中人

窩心的話

你要好好的。一句溫柔的
話　一張蚊帳　整夜護著
你　不讓蟲子叮咬　好夢
酣甜

隱居

落葉
隨風而去

溪流
幽聲嘆息
今生託付給
冷風。來世
我帶你去天涯
海角
隱居

一滴水

不屬於風
一滴水
屬於溪流
江河
和大海

水啊水
這心海洶湧的
浪濤
等著你
等著你

含羞的月亮

火車
急馳
望窗外
見一輪收斂光芒
的落日　另一邊
是含羞的月亮

看了許久
逐漸露出微笑
它們是在暮色蒼茫中
深情
對望

小紅花

心是
小紅花
很想
在妳的髮上
別上一朵
生生世世不凋的

花
作為辨識

當妳用淚眼
說來生
相聚

歲月悠悠

錚！錚！錚！
天地線
在心海裡
說：
做我永遠的
知音吧

永遠是多遠？

比銀河遠
比天國遠
比悠悠的歲月
遠

星空的話

誰說
沒有聲音
沒有傾訴的
思念

天地
一片靜默
這聲音不正在
娓娓
訴說著
千年的孤獨
和憂傷

給妳

詩句
好壞。深夜了
還不讓人睡覺

經典詩

月光　在湖面上寫情詩
柳樹讚嘆道：好美　上乘
之作啊。一陣風大笑：時間說了算

一抹夕陽說

人生是苦難　掛念也是
惟　沒有日夜思念的磨
難　生命就如同霜雪
沒有姹紫嫣紅的繽紛

多情的月亮

月亮是
情愛的眼睛
不管　妳在哪裡
都一樣柔和地
關注

即使是來世
也要
在妳的窗外
留戀不
去

馨香的笑

眼眶
泛淚
妳聆聽著
殘障女童的
歌唱。嘴角微微
顯露小白花般
馨香的
笑

不要笑了
妳笑得我心
痛

一首情詩

小雲雀啁啾：詩是用來
幹嘛的？溪水潺潺道：
用來玩味　用來美化世界
不是用來猜謎呀

等在時間中

知道
在時間中
有一間詩舍
一盞燈
一朵燦如春花的
笑
靜靜的等待

從容　淡定
你走在今生崎嶇的
路上

思念的月光

夜半醒來時
妳　無意間
摸到
寸厚的
月光

請莫驚慌
那僅是
積壓已久
的

思念

慈悲

詩　清淨的蓮花
妳嘴端　淡淡的
笑　心中的燭光

若照亮了宇宙的
一角

我低眉
感恩

沒聽話

又無端端
憂傷起來了

她
曾經告誡
不要去海邊
看落日
不要站在窗前
看圓月
更不要展開詩的
翅膀
飛越悠悠的歲月
去探望
青春

唉！你就是不聽

時間的腳印

柔聲
對妳說
詩集是
時間的足跡

哈哈大笑
時間卻說：
墓碑
才是我
深深淺淺的
腳印

花語

不緬懷嬌艷
落花
細聲對濕地
說：

親愛
我來了

風很大

站在海邊
感覺吹的是
北風
這顆心　或將
化為微塵　吹過
天地線

詩詩啊
微塵來了
今晚　讓我們
私會

想像力

思念時
總看到一條
夕陽古道
飛身上馬
一路飛馳而去
會不會抵達
長安城
會不會來到一座

古剎
看到古佛青燈下
唸經的我

或者
飛馳到雲南
麗江
放開喉嚨
對美麗的好姑娘
彈唱
情歌

（遠方的人啊，妳不就是我前世的好姑娘）

嗯

知否
湖心映著
綠樹
心海也緊緊地
擁抱
落日

知否
情愛燒紅了雲天

詩　無言
只瘖聲的
說　嗯

日月潭

沒聽話
就是不乖
妳說：
不要思念
不要為我流淚

可是
思念很好呀
它是奇怪的果實
又苦
又甜

（我是日，妳是皎潔的明月呀）

靜夜思

很想
天地靜成
一首詩
兩對燦亮著星光
含情
脈脈
互相癡望
的

眼睛

並非醉話

都說情深似喝濃酒　會說
醉話。那是錯的　說要
退至天涯　退至時間之外
默默為妳祝福　並非醉話
說要撲在妳的懷裡
哭訴衷心　更非醉話

恨腰痛

呻吟著
妳　就是睡不著

忍著點吧
生活就是腰痛
親愛
有人會化成
好聽的
音樂　陪在身邊
也會小心　憐惜地
扶著妳
走完人生的
夕陽古道

為妳寫詩（之一）

親愛
夜空有多少心事
大海裡
就有多少
柔和的月光。倘若
天地一片黑暗

那是　哀傷
千古的寂寞

不過　天際
很快就會露出
曙光

輕愁

腦海中
一抹
夕陽

遠方的人啊
妳淡淡的哀傷
就是
那麼美

如詩

浪漫的燭光

雨淋不熄
風吹
不滅

妳是
心中微亮
的
燭光

塔上望遠

美好的江山
盡收眼底

江山啊江山
藏著
多少龍蛇
虎豹？

親愛　請相信
這心中多嬌的
江山

永遠沒有噬人的
故事

繡花

縱橫
四海
你是不羈的

卻千般願意
在燈下　陪她
繡花

妳要好好的

詩說
不要熬夜
不要耗太多的
心血
不要過度憂思
不要沈迷晚霞
不要悵望皎潔的
滿月

會聽話
會聽話
小孩子會聽話

春風不度玉門關

偏要
度玉門關
偏要知道塞外的
苦寒　偏要
一看窮山惡水
啊偏要看大漠
孤煙直
偏要看一看
落日照大旗

你是
呼嘯的疾風

蓋被子

下著小雨
有點冷。妳說

今晚睡覺時
記得
蓋被子

詩啊詩
妳關心的被子
多麼暖和
比天下任何一條
被子　都要
暖和

日影西斜

一朵花
心存
不安

風　掠過了
永不回來
空留淡淡的
哀傷

寫花八行

涼風
輕吹
對花朵說：
你要好好的

花
一面微笑
一面
凋零

葉落無聲

濕地啊
我在妳心中
有沒有份量？

著地時
落葉聽見自己轟然
的
巨響

詩說

相隔千山
萬水。親愛
詩人在妳心中
有份量嗎？

恨時輕
愛時重

問詩

字裡
行間　到處都有
妳
眼含秋水
似有若無的
笑

詩啊　遠方的人啊
難道妳還不明白
這顆撞跳的
心？

多嘴的筆

返菲時
筆　多嘴
頻問詩人的心境
如何

嗯！
那就指給你看：
綠葉上
全是晶瑩的
露珠

冷漠詩人（之一）

燈下
思考人生
竟有輕生之
念

筆　喝道
豬頭！
枉費了苦學
枉費了慈悲心

更枉費眼眶
不為螻蟻眾生
閃爍
星光

夜航

倘若
這客機
在黑夜裡
爆炸成一朵
燦亮的
花

親愛　是否
從此沒了折磨人
的
相思？

陽光無求

流淚了。詩說　看見了嗎？
陽光透過葉隙　流洩下來

全心全意的付出　輕撫著
小黃花

燈下讀詩

讀了一生
仍然不太懂
妳

詩啊
妳懂我嗎？
真的
懂我的悵然
和憂思？

（唉！懂又怎樣，不懂又如何？）

為妳癡狂

網絡並非虛擬世界。否則
在溝通時　突然一陣靜默
怎麼聽見妳在流淚
聽見一聲聲的呼喚

為妳寫詩（之二）

不喜歡喧囂　不參加文藝
集會。愈熱鬧　愈感孤寂
。沒有孤單寂寞，也就
沒有讓妳流淚不停的詩篇

遠方的人

知道妳
一遍遍
輕撫著詩集
撫摸著詩人的
臉

那麼溫柔
那麼憐惜
令人想起媽媽
那雙
在銀河邊做飯的
手

虛擬人間

網絡是虛擬世界　人生也
一樣？一顆星子閃爍問道
愛情夢　富貴夢　長壽夢
天下太平夢　哪樣是真實的

寫意

妳一笑　便是一條幽靜的
小路　直通山後溪邊的
詩舍。隱居於此　忘了
日月的轉移　只顧讀書
寫字　陪著妳看花賞畫
緩緩的老去

傷感的花

枝頭花
仰望上面的一朵
傷感道

我們是不同階層的
花

高枝上
那朵迎風搖曳的
嬌豔　笑道
我們都有迅速飄零的
宿命
煩惱什麼？
傷心什麼？

待嫁的雲霞

宿命是
坐在客機上
飛往預知的
目的地

所幸
途中見到一樁
喜事：
待嫁的雲霞
羞人答答
而失戀的落日

卻紅著眼睛
不捨地
說

再見

冷漠詩人（之二）

水池裡
一隻蜉蝣
瞪著眼
說：
你是我
我是你

哈！
我是我
你是你
我是冷漠詩人
也是憐恤蒼生的
詩人

她問：今晚在幹什麼？

靜坐
等待貴客

死神
推門進來時
就提出要求：
走時
要帶走戰亂
貧窮　地震
水災　火災
和所有的苦難

哈！
不答應
就別跟它去

不在乎

好美啊！
翩飛的蝴蝶
聽見潺潺溪流的

話　舞得
更加起勁了

樹上
一朵小紅花
嘆道：
不要過來
什麼時候不在乎
讚美了
再來跟我說話

千萬朵花

一首詩　一朵馨香的花
我喜歡　你也喜歡美麗的
花朵嗎。哦！這心海中
時刻都為妳開著小浪花

海面平靜

波瀾
不驚。妳這樣說

可是
每回讀著情詩　眼眶
都泛淚

年齡

跟她一樣
非常在乎詩人

跟她不同的是
年齡
壞心腸
令人髮蒼蒼
視茫茫

有一天
定要　突然
一睡不醒
讓它驚愕　措手
不及

露與霜

春風　吹著
綠樹很得意
一枚落葉　飄墜下來
發出輕聲的嘆息

親愛
名利是花間的
露
財富是草上的
霜

得意啥？
沮喪啥？

恍如隔世

凝視著傳來的照片。覺得
好熟悉好熟悉　眼泛淚光
是在怨尤什麼嗎？既然又
見面了　就不必多說　好好
珍惜吧

星眸的幽徑

深夜　熄燈了
妳卻傳來一張
目含秋水的
自拍照。頓時
明亮了斗室

癡癡的
望著　發現
星眸有一條幽徑
直通妳的
心房

親愛
妳喘息了嗎？
妳感到詩人的
重量了嗎？

黃葉悵愁

——親愛，讓我在妳耳邊傾訴

心有
深深的遺憾

黃葉　不是
捨不得飄墜。悵愁
是因為未能實現
夢想

夢想
像陽光一樣
永遠照耀大地
驅離人間那麼濃
那麼深的
黑暗

殞星

情愛
化成了滿天的
燦星
偶有一顆
成為劃過夜空的
殞星

一粥啊一飯

月亮的眼睛

波瀾不起
妳說

惟
一首情
詩　卻讓妳的
心海
捲起了
千丈浪
濺濕了月亮
的
眼睛

（月光是感動的淚）

腰痛・流淚

很想
穿過夢
來到妳的身邊
哄妳　惜妳

輕輕
為妳抹掉眼淚

詩啊
妳是目含秋水
需要真情相待的
女人

水聲嘩然

若果　妳的心是平靜的海
那麼　這千般情萬般意
便是日夜奔騰的山川河流
朝向妳的懷抱

瞭解煙火

衝上半天　煙火努力於
夜空中爆出美麗的愛之
花。這就夠了　它了無
遺憾地消失

海浪捲天

霞光是
我的情詩
一抹夕陽
也是我為妳寫的
情詩
海浪這樣說

我天天寫
心上的人兒啊
妳是
世上最最幸福的
人

一首歌

憤恨　一首不太好聽的歌
何必在心裡重複地唱。天下
好歌多的是　不如唱一首
「在那遙遠的地方」吧

不准思念

落花
一面飄零
一面回首對綠葉
說：
你要好好的
不准思念人家

流水
不准流水？
蟲鳴
不准蟲鳴？

沒完沒了

愛是詩
詩是壁上的
曰曆

儘管撕吧
你　天天撕
我　歲歲年年
赫然在

妳的
心中

紅翡翠

佳人是美玉
掛在胸口
時刻傾聽著
你的
心音

紅顏　無言
卻知道你的
情與愛
知道你遼闊的
憂思

黃昏十一行

——親愛，讓我在妳耳邊傾訴

詩人說
疑是血染的
夕陽

其實
不用疑
因為聞到
噁心的腥味
因為夕陽
跟這顆心一樣
仍在
滴血

小丸子

太陽
假裝成小丸子般
掛在天上

不在乎
拍照的人嫌
小

只是一味地
放射光芒
讓人不敢逼
視

（她說：我喜歡小丸子）

今晚風大

思念
是一陣風

叮叮噹噹
今晚　風大
這心的風鈴一直
響個
不停

唯一的綠

縱使
妳是
沙漠中唯一的
綠　長著刺
仍然願意緊緊地
擁抱。感受劇痛的
愉悅

仙人掌啊
詩人知道綠洲

就在
附近

峰頂的松樹

松樹
又瘦了。比去年
相見時還瘦
是憐恤山下的
饑民
抑是思念遠方
的

人

陪我寫詩

今晚　思念的
月光　又坐在
窗外的葉子上
守護著妳的
睡眠

假如　妳
輾轉難眠
那就化成
皎皎的月色
代暈燈陪我
揮毫

哼歌的詩人

同樣的喉嚨
有人唱低調
有人
唱高調

親愛
這一生
只為妳輕聲
哼歌
因為妳
不喜歡刺耳的
高調

喧囂的城市

太喧囂了
這城市
沒有清靜的
地方

哈！
你步入詩的時空
梵香　品茗
聽她柔聲
細語
聽她為詩人彈一曲
千山
暮雪

心中疼痛

知道妳
生病了
躺在床上　連轉身
也痛

詩人一樣感到
痛
饑民抽搐著臉　痛
颱風災民悲泣　痛
戰火下的愁容　痛
孤兒們的眼睛　痛
唉唉
同時痛著妳的
痛

天地間

情詩千首　一根燃燒的
蠟燭　瞬間熄滅了。光
卻留在妳的心中

說給妳聽（之一）

黃鶯
啁啁啾啾：
我用美妙的歌聲
享樂人生

啊我用詩
用全心全意的
愛
用關懷
用思念
享樂這一場短暫的
人生

答佳人

一生
才寫了這麼
一首好詩　有啥
可傲的

你以為
三請孔明　容易嗎
尋找真正的人間
絕色
容易嗎？

相見歡

想相聚
想得到一個
擁抱　親吻
想得到伊人的
歡心
你必須跋山涉水
翻過一座又一座的
歲月
才能與心愛的
詩詩
見臉

此外
別無捷徑

苦亦甜

糖份
太高
醫生這樣說

一定是
情愛太甜了
連那麼苦的思
念
品嚐起來
也覺得
甜

說給妳聽（之二）

診脈後
醫師說：
你體內很熱　一團
火

不然就不會燒出
憤怒　不平
同情　憐憫
和那麼多好
詩

你站起來
對老醫師說
不要熄了烈
火

霧中的遠山

你是
一座霧中的
遠山
她這樣說

那就走近一點吧
仔細
看清楚了：
該峭壁的
峭壁
該危巖的
危巖

獨語

詩人是什麼？　一顆殞星
劃過妳的窗前　只燦亮給
妳看。親愛　如果聽見：
轟的一聲
那是落在妳的心頭

飛越千山

飛越萬水
千山　剛踏出機場
就聞到
如蘭的氣息了

似近非近
卻聞到了妳淡淡
的
憂鬱

沒有相聚
卻也欣喜於
共看明月　互訴
情意

浪濤滔天

思念是
無限遼闊的
海
遼闊至天涯之外

光陰之外
幾番轉世之外

浪濤捲天時
會濺濕
等在某一時間中
心愛人兒的
臉

拭淚

美麗的詩境
並非真實
網絡　也只是
虛擬世界。妳
這樣說

親愛的
每當妳感動落淚
詩人　都從
字裡行間
或網絡中伸出

溫柔的手
輕輕　拭淚

（這隻手，是有溫度的）

清明節

一切的恩怨
止於此。今晨
來到墓園
聽見清脆的
鳥聲：
放下也好
不放下也好
已經
沒有任何事
卡住你

唉！除了難忘
的
思念

筆的跫音

有點失望
今晚
稿紙　聽不見
筆的跫音
等不到　一聲聲
溫柔細語

妳是
靜靜等候的稿紙
我是遲歸的
胸懷天下
的
鋼筆

冰種金黃玉

——說給妳聽

美名是
冰種金黃玉

這塊
心愛的晶石

無故
破裂

哦！破裂也好
心無
罣礙

九廣鐵路（之一）

——說給妳聽

愛心座上
坐著年輕人　合眼
養神

詩人沒有睡意
聽著
這顆心
哈哈大笑
笑聲
震天

九廣鐵路（之二）

——說給妳聽

又見年輕人
坐在愛心座上
閉眼　養神

老婦人站著
小孩子站著
詩人
也搖搖晃晃地
站著。瞥見
車上的燈光
滿臉
通紅

忍愛

就像忍著腰痛一樣　妳
忍著　最後還是呻吟了
固執而又矛盾的女人啊
什麼都能忍　除了愛之外

橋梁

四目
相投
中間是一道橋梁
愛情和關懷
飛快地　跑過來
跑過去

這座橋
名叫寬容

月光淚

——親愛，我只顧愛你，不管其他。

月亮泣訴
我每天為苦難的
人間　流下許多
月光淚

太陽說
我只顧照明大地
不管
其他

活著

——說給妳聽

再苦
也覺得幸福

不再哀嚎
目光　也不再凜
冽
無視於荒野的
孤寂
一匹狼
在峰頂　沐浴於
柔和月光之
情愛中

機場偶感

——說給妳聽

暮色中
一架客機
在雨中降落
另一架波音機
卻昇空了

機場外
人潮擁擠
分不清
是接機
抑是送機

看著看著
徒然傷感起來了

人間

——說給妳聽

明明沒有淚了　仍然每天
帶著白雲手帕　天空說
讓我為你們擦掉眼淚吧

憂思

——說給妳聽

憂思如鎚
把悲傷的釘子
深深釘入

心中。即使
挖出來了
仍留下明顯
的

傷痕

跑道人生

——說給妳聽

今天
飛廣州
又來到機場
見到跑道這人生的
註解

心中
暗笑
天下幾個人看懂
這註釋

送機

險乎　在機場
趺跤。親愛
挽留人家
也不是這樣的

擁抱一個吧
詩人保證：眼中
一定燦亮著
陽光　再度出現於
白雲
機場

落日心

——愛妳之心不變

看一次落日　就愉悅一次
幾番輪迴之後　落日仍是
如此美麗　紅艷艷

低眉（之一）

——說給妳聽

從一堆敗葉中
看到生命的
真相。你低眉過去
合掌未來

第二輯

煙臺的小雨

煙臺的小雨

不必撐傘
牽著妳　走在煙臺
的小雨中
乃是上天至大的
恩賜。生活的雨再
大　霧靄再濃
也無損於柳樹的
嫵媚　迎春花的
燦笑　以及
眼中洋溢著
的

幸福

煙臺的餃子

包的是
歡聚　溫情
疼惜　快樂
餃子很好吃

包的是
離別　悲傷
相思　不捨
這韭菜餃子很難
很難

吞嚥

仙境

小雨　輕霧
柳樹
和迎春花
妳笑了：
還有一個我呢

多美啊多美
煙臺
這藏在人間
的
仙境

她哭了

她哭了：
你可以接觸別的
女人啊　我不
生氣

親愛
詩人不會
那麼傻
讓所寫的
情詩
全張開嘴巴
恥笑

似水流年

有輕微的聲音。睜眼　月光
已在床上　湧滾過來。翌日
照鏡子　驚見滿頭白髮

化成永恆

「此刻
若你站在我面前
時間將停頓
化成永恆」
她說

詩人決定
化成永恆之前
一定要露出燦笑
忘記憂傷
緊握著她的手
說：
疼妳惜妳

遠去的船隻

昂起頭
海浪
對遠去的船隻
說：
歲月啊

願你找到自己的
碼頭

海浪　不知道
歲月跟愛情一樣
沒有
碼頭

馱著歲月

——悄悄告訴妳

身心
愈來愈輕了

不是
重量消失
而是逐漸轉移
給
詩了

看朝霞

我喜歡生病
你不怕
拖累嗎？

詩人
連活著都不怕
豈會害怕
天天扶著
妳。看星星
看月亮　看美麗的
朝霞
那是一件美事啊

放眼世界

——悄悄告訴妳

雲朵看得清清楚楚：
山外無山　人外無人。
也許　高峰都在心裡
真人從來不露相

火化七行

——悄悄告訴妳

不留孤墳
向
黃昏
只留詩千首
給蒼茫於雲海間
的

月亮

煙臺下大雨

煙臺　下了
一場大雨。濕了
相思　也濕了幾首
詩

生活的雨啊
什麼都能打濕
唯獨　不能
濺濕吾愛的
臉

讓她掛著
晶瑩的珠淚

生病・累

頭痛
渾身痛
妳有氣無力地
說

親愛
這種怪病已迅速
傳染
連詩中每一句
每一字
都開始
疼痛起來了

壞脾氣

不易懂。詩　愈寫愈像
女人的心情　總喜歡半夜
吵醒人　陪她到天亮

傷心的話

一朵灰雲泫然淚下　說：
一個人的疼痛　可以加速
另一個人的飽滿　親愛
讓我來吧。她哭得唏哩
嘩啦

落日多情

每天傍晚　落日都用暮色
為大海寫詩。水面平靜
沒有波瀾。落日不知道
大海心中另有月亮

眺望遠山

拾起一片落葉
人情　就是
這麼輕
這麼薄嗎？

眺望
遠方的
山
詩人嘴角掛著
微笑

親情啊親情
還有
愛情

不離不棄

燈下
與孤影
相對無言

微笑道
詩啊
好在有妳
不離不棄
相伴
一生

時光飛逝

一面溶解　一面柔聲說：
此心不變。冰淇淋啊　詩人
相信妳　甜美的感覺恆在

風笑了

搔首
弄姿
一朵玫瑰問輕風：
我美嗎？

和風笑了：
躲在角落
收斂的小黃花
她的姿勢
極為
動人

歲月悠悠

——親愛，請俯耳過來

仰首
一片浮雲
看到了千古的
寂寞

低下頭
一堆殘葉
看到了生命的
真相

阿拉善瑪瑙

戰火
已熄了

西天
染血的
晚霞
卻倍加燦爛

親愛　只有妳
知道
我是大草原
凝固的
淚

阿拉善寶石

聆聽著
來自大草原的
問候。問你
快樂無憂否？
遠離苦惱否？

你也以
柔和的眼光
回答美麗的
寶石：
既落塵囂中
豈能潔身且清靜

記憶的笑聲

沉默是
一支雨傘
唏哩嘩啦
那記憶的笑聲
打在
上面

笑聲
不斷
害得身心全都
濕了

戲迷

——說給妳聽

哭得
唏哩嘩啦

愛看
人間的悲喜劇
要怪　也只能怪
雲朵自己

它入戲太深
禁不住
流淚

燦星九行

——悄悄告訴妳

叢林茂密
沒有　勁松

山巒連綿
沒有　高峰

詩人多如
繁星
數來數去
卻只有幾顆燦
星

逝

——親愛，請俯耳過來

羨慕山後升起的輕煙
逐漸飄散　緩緩消失
不牽拖　不留戀。多
麼瀟脫的離去啊

雷聲隆隆

怎會有
寫不完的詩？
心裡到底
藏著什麼

親愛　妳看
外面下著雨
寒風刺
骨
而夜空有閃電
和隆隆的
滾雷

花變

——親愛，請俯耳過來

學佛後
眼中所見
幾乎全是清淨
的
蓮花

後來
逐漸變成了
另一種
花
名叫

曇花

綠夢

她說
累了　很想
化身成為盆栽
鮮鮮
綠綠的

連做夢　也是
綠色的

親愛　讓詩人
化身為盆子好嗎

另類黑咖啡

寫著寫著
連情詩
也咖啡起來了
有點苦澀
卻帶著
後韻

苦亦甜
甜亦苦的
情詩

另一種泡沫

一生氣
妳就消失了

泡沫
卻喜歡說
我愛你
天長
地久

（當然，妳不是這種泡沫。妳是紙和筆，永遠黏著詩人）

菩薩答應了

佛在心中
妳說

我請求菩薩
不要佔據全部的
空間。要留
一個位置
給詩人

菩薩答應了

絕版的詩集

——悄悄告訴妳

記憶　這本書有點殘舊了
卻是你珍藏　不外借的
書。讀一次　就流淚一次

蓮花

——悄悄告訴妳

今晚
抄了心經

聞到
淡淡的香味
靈魂
一塵不染
乾乾
淨淨

傻啊（之一）

其實
不愛你

你掏出一顆
心　滴著血

好啦好啦
我只傳
睡眠照
給你
還不明白嗎？

花開的聲音

不信
每首詩都像浪花般
即開即滅

親愛
至今仍聽見
妳洶湧心海中
花開的聲音

仍看到
妳眼中微濕
的
幸福

煙臺雷雨

不是大珠小珠
落玉盤
而是一會兒大雨
一會兒小雨
落得人
心慌

老天爺
還在黑夜裡
用生活的閃電
和雷鳴
驚嚇吾愛
真是太過份了
太過份了

濕冷的詩

詩人的胸中
是無限遼闊的
藍天

妳說
那我是什麼？

是白雲
是燦爛的雲霞
是灰雲
下著憂鬱的小雨
偶爾　濺濕了
幾首詩

滿目蒼涼

——親愛，請俯耳過來

焦土　用輕煙訴說斷肢
殘體　是為人間美好無償
的付出。落日為啥紅著眼睛

白雲的話

——說給妳聽

「太陽是
天燈　照不見
錢財名利」
白雲這樣說

只照見
墓園裡
赫然一座座
墳墓

處處聞啼鳥

誰說嚴冬已然離去　妳的
眼中　仍有霜雪。惟
情詩　一首又一首
已引來鳥聲　和美麗的
百花

孤單八行

——讓我傾訴

綠林中
一棵樹覺得
異常
孤單

放眼望去
是大大小小的
樹。心中
卻沒有樹

戀

兩顆　遙遙相望的星子
最是瞭解　遠隔重洋的
相思之苦。詩人也同情燦
星的無奈

無情的列車

——向妳傾訴

開動了
列車不停地
飛馳

看書　做夢
笑古論今
聽歌　寫詩
默默思念遠方的
人

時光的列車
只顧飛馳
不管你是笑容燦爛
抑是眼眶泛
淚

學佛

——說給妳聽

學佛
多年
什麼也沒有學到

除了
佛陀淡淡的
笑
晴時笑
風雨時也
笑

一匹布

如果月光是一匹布　那就
把這顆心綉上一朵小紅花
獻給遠方的人

朵朵芳香

久無音訊
幾乎忘了遠方的
人兒

夢裡
煙臺盛開的
迎春花
不就是朵朵芳香
略微有點憂鬱
的

笑

無悔

「遇到你
此生無悔」
她說

即使淚水
比夜雨下得更
多　也無悔？

即使妳常以
一陣雨
在屋瓦上呼喚著
一個名字　一遍遍
一遍遍
也無悔？

思念的回音

別以為
夜裡　妳用細雨
傾訴思念時
無人聽見

如果　翻開詩集
心中的山谷就悄然
出現
妳會清楚聽見
自己
思念的
回音

心是蓮花開

在微笑中
在柴米油鹽
的色味裡　聞到
淡淡的馨香

愛妳的素雅
愛妳簡單如初
愛妳的低眉塵世
愛妳的寧靜　芬芳
愛妳的低溫　不張揚
啊愛妳的心開成一朵
蓮

人間有情

不再
與生活搏鬥
退休後
一心只想成為
詩集

隨手翻閱
都是意境高雅的
詩。裝飾著
枯燥乏味
的
人生

彩虹

心裡
陰鬱
下了一陣雨後
彩虹　就悄然
掛在天際

那段情愛
那段美好的
記憶
是你的彩虹
都會適時
出現

另一條雨巷

一聲輕嘆　一條詩意的雨巷
你剛好路過　身心都淋濕了
直到今天　仍感到獨行於雨中的愉快

染病

微微痛著　那是時刻提醒你
有一對幽怨的眼睛
在遙遠的地方癡望。
唉！有點痛

聽濤

一靜下來
就聽濤。這心海
有傾訴不完的
衷曲　有憐憫的
哀歌　也有憤怒的
嘶吼

惟最愛聽的
還是柔聲地
呼喚遠方人兒的
名字
一遍遍　一遍遍

飛瀑高山

透過詩
看到你的人
在高山飛瀑之
外。心在
煙臺
的

風雨中

抒情

冷著臉
看妳一眼：
永別了

其實
是把妳放在
心裡
最隱密的地方
夜夜
都來找妳抒
情

幽怨的眼睛

——專家說，大�若發生大地震，烈度預計高達八級。

敢於
面對
更大的地震

唉
就是不敢面對
那對水旺旺
幽怨
的
眼睛

紅蜻蜓

在時光的
溪流中
你看到什麼？

對了
我就是那隻
點水的
紅蜻蜓

一眨眼
就消失不見了

思念的聲音

思念啊　至為寂靜的
聲音。剛入睡　又被
吵醒了　也一併吵醒了
悲傷

輕拭眼淚

真想
化為一道光
穿越時空　赫然
站在妳的面前
擁妳入懷
拭淚　輕拍
妳的背

用柔情
拍去所有的不幸
拍掉無處傾訴
的
委屈

紅泥小火爐

大雪紛飛　妳內心卻無比
溫暖。倦於流浪的人　終會
回來　靜坐於情愛的火爐邊

小寶貝

為妳瘦
為妳眼含
千山萬水之外的
秋雨

卻說
從未感到自己
是你的
小寶貝

刪除微笑

把妳刪了
不要再來加
友

惟
這手機
也能刪除記憶中的
深情
一顧嗎

素蓮

走經時間的轉角處
發現妳
原是一朵素蓮
靜靜地
開在佛前

輕輕走過
不驚動睡蓮
只悄悄
帶走些許
馨香

黃葉飄墜

「收拾好悲歡
讓內心的動盪
不露聲色」

可是　親愛
妳眼中一枚
飄墜的葉子早已
洩露了

森林的變化
和季節的
祕密

鏡子

幾本詩集　一面清晰的鏡子
照見自己：固執　高傲　冷
熱不定。是啦　固執於美善
不屑於彎腰　冷面　熱呼呼
的心

無名的閑花

小黃花
開在谷底
小紅花
開在峰頂

一陣長風
呼嘯道：
都是
馨香

飄雪

「願情愛　化成
冰冷的雪花
在寒夜裡
漫天飛舞」
她說

親愛　容許我
化成天山
承接所有
安靜而美麗
的
雪花

低眉（之二）

「願我們的背後
全是驚喜
沒有傷害」
妳低眉

親愛　這顆心
滿是傷痕

仍在
滴血

不起波瀾

在紙上畫個寧靜的
大海　當　心中翻騰著
思念之時

門鈴

手　伸向夜空
按了一下
月亮門鈴

應門的是
妳的
笑臉

深情款款

「跟著你
淚水　可能會
流得更多」

是的　千方
百計　讓妳看到
聽到
感受到溫馨的情
和愛
應會流更多的淚

最後一別

合眼　就看到
妳的燦
笑

呼吸停了　猶聞
蓮花淡淡的
幽香

最後的祝福
最誠懇的
心願

第三輯

守護神

守護神

隔山隔海
又如何？
老天爺
在黑夜裡
用現實的雷鳴
和閃電　作威
作惡的時候
詩人就守在她的
床邊

詩人是
那兩枚巧雕的
小葫蘆

繡花針

小雨是
繡花針
千萬支思念的
針　一起在心中
繡著古城

繡著妳眉間的
輕愁

煙臺
瀰漫著詩意的煙霧
抑是越來越濃的
情？

小狗・空氣

無憂三餐
小狗是
幸福的
妳　似有所感地
說

親愛　詩人是
空氣。妳呼吸的
每一口
都是他的
疼惜

般若

靜坐

這顆沉靜
平和的心
是一隻智慧之
眼
透視了
一切因緣

不憂不懼
靜坐
如山

花與草

願幸福如花
於妳的生命中
綻放著
淡淡的馨香

唉　世上
沒有不凋之花

願幸福如草
於妳的生命中
繁衍
不停

一直繁衍到來生

失題三行

劃分了生死。明月的彎刀
卻割不掉思念　割了千年
連刀子也缺損了

迎春花開了

假如　憂傷是
盛開的花
那就請秋天快來
讓憂傷
凋零。來日
再綻放
滿山遍野

快快樂樂
的
迎春花

遠山

——親愛，請聽我說

不會鑽營。你不是蚯蚓
只是土地上　一塊有稜
有角的石頭　當他們
遠眺時　說是一座山

蝶問

翩翩翻飛
彩蝶問
什麼是高貴

似笑非笑
你將目光投向
小紅花背後
一枚不張揚

安安靜靜
的
綠葉

傘下情

——她說：煙臺陰天了。有感。

傘上全是
愉快的笑聲
雨愈大
笑聲愈歡
欣

生活的雨
愈大　我們愈是
緊靠著
共撐一傘

迎春花

景氣不好
詩人的心境
如何？

啊
迎春花
撲面而來的歡笑
恍然　那是
一片晴朗的天空

古城

他問
住址
猶豫了好久
想寫　住在椰島
也想寫
住在古城

人在大岷區
心　卻在遙遠的
煙臺。哪裡有妳的
笑聲　詩人這顆心
就住哪裡

她的傾訴

——親愛，詩人慚愧

開刀後　身體虛弱　雙腿
乏力。卻負起千斤的重擔
繼續追尋生活。你　遠隔
千山萬水之外
僅能念一聲阿彌陀佛？

對石頭說

——悄悄告訴妳

所謂過去
是眼中閃爍的
星光

所謂未來
是搖曳於霧中的
花

至於現在
則是你嘴角上揚
堅毅的
笑

網路人生（之一）

多少情　多少愛　多少苦心
的經營　完成了詩千首。卻
不小心按錯了　便全部刪除

自傲三行

菲華文詩集　她瞇著眼說。
詩人大笑：怎樣？
那裡散發著椰香與
浪拍千島的風味，獨一無二。

網路人生（之二）

刪除就刪除了。那又怎樣
腹中尚有詩三千　情比
天宇闊　愛比銀河深

人生餐廳

廚師出什麼，你就吃什麼
不得選擇。最多　善用酸甜
苦辣之調味料。宿命就是
如此。想回頭再吃　門也
沒有

人生餐宴

這餐宴　一個月前就要
預約。我們的人生餐宴
則預約於千年前　預約
共嚐酸甜苦辣　預約默默
相視　流下不捨之淚。再
預約另一個千年的餐宴

水柱沖天

記憶　這噴泉水花四濺
喜歡去戲耍。常常弄得
眼臉全都濕

單程票

飛機餐　不好吃。從生到死
這趟旅行何止枯燥　好在有
冰淇淋三明治　還有空中
小姐的秀色。笑靨啊笑靨

2017年4月28日下午。寫於飛行途中

壁鐘九行

嘀嗒　嘀嗒

分明
是時間走動的
聲音　何以
失去蹤影的
卻是
猴子般的童年
野馬般的少年
耕牛般的中年

乾淨

淡淡的香味　不是來自
如花的笑靨。它來自心池
澆灌出的白蓮

又哭了

——詩人沒有騙妳

你的義妹？
那是你喜歡的類型？
她說完　又哭了。親愛
詩人再次
發誓　只喜歡蓮花的清香
不喜歡其他香味

浪花說

——悄悄告訴妳

別小看艷紅的落日
既收羅了詩人哀傷的

目光　又讓他輕聲
嘆息

真情

嚴冬　壁爐裡燃燒的
火焰。別伸手試探　詩人
也不忍灼傷吾愛。妳只要
安安靜靜地坐著　坐著取
暖

答雨問

雨叩窗　頻頻問道：
相思　真是這樣苦嗎？
詩人大笑　你看到苦
我心卻甜

心的庭院

重院　深鎖
守著幾度花開
花落

卻封鎖不住歲月
的
離去

拉長拉短

一架客機
將思念拉短了
短到
變成一朵
甜笑

又將思念
拉長了
長到變成窗外
的
雨淚

她的輕愁

「世事是
雲煙　那麼
情愛呢？」
她有點憂鬱

情愛
也是雲煙
惟　裊繞於
詩中
永永遠遠
不會飄
散

秤重

發現
體重因思念而
減輕了

多些憐憫吧
多些愛心吧

讓生命的重量
增加

輕撫著詩集

今晚　感到
妳在輕撫著詩集
凝視著書中的照片

好好地看吧
或會把額上的
皺紋　看成
靜靜流往愛之永恆的
江河。或會
把堅毅的笑　看成
幾番輪迴之後
柔和地照著妳的
艷陽

聽花

燦爛
是為了問天：

凋零
是不是
句號

思念是春天

思念是春天
開得滿山遍野的
燦爛。只想開出
更多的姹紫
嫣紅　裝飾苦難的
人生

只顧開花
有花就有果。春天
無暇細想結什麼果
翻飛著多少蝴蝶

魚乾

——親愛，請聽我說

往事
就不用提了

只看我
被人曬成
這個醜陋的
模樣
就知道一切啦

瞪著雙眼
是跟他們說
眾生
平等

你是藍天

射程遠
也無用

嫉妒
這枚愛情的
導彈　隨時
可以消滅敵人
卻永遠傷不了
藍天

藍天
也懶得理
什麼導彈不導彈

千年之戀

憐惜啊　柔和的月光
於幾番輪迴之後　仍然從
古月　流洩下來　照著妳

蜘蛛網

是思　是詩
也是絲
無意間
被網住了

無須掙紮
被黏在絲中
在這柔情的念
思中
等待獻身

未嘗不是件好
事

妳說：春來的好早（之一）

「春來的好早　而我來的好遲
要輕輕地　輕輕地
才不能觸痛你的憂傷」
讀著讀著　詩人好想擁抱著
妳　無聲地流淚

的確來早了　早得只能
讓妳看到夕陽下　歲月的
落葉紛紛

妳說：春來的好早（之二）

我好想好看一點　再好看一點
像一朵花
幽幽的　幽幽的
讓你的憂傷開始自卑

親愛　妳何只好看
連妳走在坎坷人生之
身影　也非常好看
甚至幽怨的眼神　也
十分好看

琉璃心

「這顆心
是琉璃做的
易碎！」
她說

小小
心心
用呵護　捧著
用關懷　捧著
用無限的疼惜
捧著
不就可以了嗎

（其實，心是鐵做的）

問古畫

都說　妳是
古畫裡走出來
的美女

卻不嫺靜
也不溫柔婉約
一生氣
就三天不理人

敢問古畫
世上
有如此折磨人的
古代美女？

畫中人

都說她
是從畫裡走出來的
美女

明日
或會強烈希望

她　沒有走出來
永遠青春
美麗

不問結果

黃鶯歡叫道：
看！
開得滿山遍野的
花
不知結的是
什麼果啊

潺潺流水
笑道：
能夠盛開美麗
那就儘量盛開吧
別問
結果

陰雨綿綿

一連下了幾天雨
終於
放晴啦

沒人
知道
煙臺的雨仍在
心中
淅瀝淅瀝地
下個不停

約會

自在從容　靜坐著等她來到
疾病遲早會赴約。猶如咱們
約好輪迴之後見面一樣　我
靜靜等著

噴泉

——一緘書箚藏何事，會被東風暗折看。（錢珝）

來星洲多次　這噴泉
也不知看了幾回
似是歡聲笑　實是
淚千行

紫晶洞

祈願來生
化身為巨型的
紫晶洞。為妳
消除負能量
改變多舛的
命運

為妳招財
讓妳遠離煩惱
臉上
永遠綻放著
燦笑

燒紅了雲天

看透了人心
妳說

親愛　這顆心
開滿了滿山遍野的
花。一朵花
一把火　燒紅了
雲天
有人說是晚霞
也有人說
是

詩

客機起飛了

這一程
目的地是
來生

長髮飄飄
妳　坐在海邊

守著落日
猶如守著夙諾
耐心地
等候俊逸的
情人
赴約

站在棺木前（之一）

生命　一塊逐漸溶解的
冰　融入時間中　不憂
不懼。啊不增也不減

站在棺木前（之二）

靜默　不流眼淚　不要
悲傷。點燃一炷香吧　讓我
再看輕煙　再看一次人生的
真實

煙臺無雨時

說好了
未能在雨中散步
就要一起去
看海　爬山
去尋找搖曳於
風中的
迎春花

那潛藏於詩意中的
夙諾　待來生
真的實現

綠翡翠

天天
緊貼於胸口
這綠翡
聽懂你撞跳的心
音

低調　其實
是高調

快樂　是痛苦的
偽裝

醉

附在妳的
耳邊
柔聲說：
我是
掛在妳胸前的
紅翡翠
時刻跟一顆
撞跳的
心　說
惜妳

啊我看見一張醉酒的
臉

眺望遠山

拾起一片落葉
人情　就是

這麼輕
這麼薄嗎？

眺望
遠方的
山
詩人嘴角掛著
微笑

親情啊親情
還有
愛情

一粥一飯

夕照中
靜坐於墓園
聆聽
風與樹的
對話

樹說
人因病而逝世

寒風
悲嘶道：
情愛　因為
一粥
一飯

傻啊（之二）

時間
是怎麼
形成的？

傻啊
不就是
思念
累積而成的

沒有學費

——親愛，讓我傾訴

那一段
苦日子

又在深夜裡
回來　輕叩記憶的
門　問道：
想念我嗎？

哦！
最想念的是
母親滿臉
的
慈祥

千古悠悠

——說給妳聽

唏哩嘩啦是
夜雨忍不住的
大笑

笑中　含著多少
人間
悲苦的
淚？

每一次大笑
無不含著天災之

淚
人禍之淚

落日大笑

落日　用雲霞寫了一首情詩
給大海。風兒似懂非懂　說
意猶未盡。落日大笑：那就
寫一百個「我愛你」

風中的墓草

從一塊
墓碑上
看到天長地久的
誓言

人　不在了
心　卻化成
青青的墓草
在夕陽下
繼續
做夢

路過這個世界

——悄悄告訴妳

沙漠風大　人性荒涼
眼中所見　是海市蜃樓
卻相信　綠洲就在附近

詩人的不平

——說給妳聽

沉默是
筆端的怒吼

一個字
一聲雷鳴
雖然
沒人聽
見

卻震撼了
每一雙
眼睛

歷史

——親愛，請聽我說

藏在傷口
一碰
就痛

手機留言

我沒事　你放心。從這句
氣若遊絲的話　詩人聽見
海浪的激動　也看到人性
霞光般美豔

弦外之音

錚錚錚！沒有流水般的
柔情　只有長風萬裡送
秋雁。你知道了　是時候
消失於落日隱沒之處了

一首贈詩

「我更願意　是一枚
月光　在暮雲合璧時
含情一顧

穿越千山萬水
穿過露水打濕之心
在夢境深處　深情擁抱你」

親愛　妳說
今晚　詩人會舒眠
抑是失
眠？

餘暉

雲霞　更加燦爛
陶醉了每一張仰望的
臉。落日說
我已盡力使餘暉
更加
美好啦

大海　以浪濤
響亮的掌聲
予以挽留
落日卻笑著
逐漸隱沒於山後

此心不變

多年後　當妳點燃一炷香
跪在佛前　祝願在天之靈
安息。一陣驟雨　會讓妳
明白一切

燭上的微光

——親愛，我不相信

愛情是
燭上的微光
發誓說：
我將照亮世界
也將照亮
妳的
一生

無如
風一幌
微光
就消失不見了

永別

沒有挽留離去的白雲
藍天　只是用恆久的沉默
說：願你遠離煩惱　願你
平安快樂

開什麼玩笑

這　就叫永別？
夢裡夢外
妳的影子
無時無刻不在晃來晃去

陰陽兩隔

她流淚
是你的心痛
你流淚
是她窗外一場
突然而來
的

狂風
暴雨

懷念的模樣

輕聲說：別了。把青苗
栽植在時間裡　一夜
長一寸　來日　將長成
啥樣？

幸福的女人

至為強烈的感情
才有這本詩集。愛比時間長
思念比空間闊　就
算妳遭受更大的挫折
有了這本為妳而寫的
詩歌　還有什麼遺憾

愛是什麼

明月
笑著說：
我　就是愛
再多的閃電
和滾雷
再漫長的黑夜
甚至再大的風雲
突變
也無用
我依然出現
於

天際

紅顏啊紅顏

讀了多少遍
落日以霞光
讀我的孤傲
冷漠
讀我眼中千年的
寂寞

終究讀不懂
淚眼暗示的
不僅僅是比太平洋深
的情愛　還有
比視野遼闊的
憐憫

沉默的山

不要低估高山的
傲氣　也別輕視
峻嶺的尊嚴

雖然投影於
妳的心湖

卻永遠保持沉默
從來不說：
多愛我一些
多愛我一些

一句話

——親愛，我聽見了

思念是
一句話：

愛比夜色
深

愛妳如昔

妳用熱淚
一遍遍地
呼喊我的名
字。且將
思念　燒成
夜裡的
烈火

這顆心
聽到了
也看到了

月光的呻吟

她一遍又一遍呼喊
你的名字　一條奔流的
江河　負載著凋零的美好
時光　流向宇宙的深處

蒼天

——給妳

用恆久的沉默
和包容　重複的
說：愛妳。大地聽懂了
嗎？

聆聽思念

今晚　祈願我是輕風
掠過妳掛在心房的
風鈴　讓思念叮叮噹地
響起來

情愛

笑問
時間之刀
怎麼斬斷心中這條
天地線

心的喜瑪拉雅山

雪山有多高
尊嚴　就有多
高。想
攀越的人
須先三思
生命的可貴

親愛　就算是妳
也不要攀越

淡然

沒有故事
心中
只有明月當空

和權寫作年表

一九六〇年代加入辛墾文藝社。努力於寫作及推動菲華詩運。

一九八〇年　詩作入選《中國情詩選》，常恩主編，青山出版社印行。

一九八五年　與林泉、月曲了、謝馨、吳天霽、珮瓊、陳默、蔡銘、白凌、王勇創立「千島詩社」。與林泉、月曲了掌編《千島詩刊》第一期至廿六期（共編二年半。不設「社長」位。和權負責組稿、審稿、撰寫「詩訊」、校對，以及對臺、港、中、星、馬、美、加等地之詩刊的交流）。

一九八六年　擔任辛墾文藝社社長兼主編。

一九八六年　榮獲菲律賓王國棟文藝基金會「新詩獎」，評審委員：向明、辛鬱、趙天儀。

一九八六年　出版詩集《橘子的話》，非馬、向明、蕭蕭作序，臺灣林白出版社刊行。

一九八六年　為菲華詩選《玫塊與坦克》組稿，並撰〈菲華詩壇現況〉。張香華主編，林白出版社刊行。

一九八六年　詩作〈橘子的話〉，收入臺灣爾雅版向陽主編的《七十五年詩選》一書。張默評語：結構單純，引喻明確，文字淺顯，但是卻道出了海外華僑共同普遍的心聲。

一九八六年　應邀擔任學群青年詩文獎評審委員。

一九八七年　英文版《亞洲週刊》（*Asia Week*），介紹和權的《橘子的話》，並附和權照片。

一九八七年　加入臺灣「創世紀詩社」。

一九八七年　脫離「千島詩社」。與林泉、一樂等創立「菲華現代詩研究會」。主編研究會《萬象詩刊》廿年（每月借聯合日報刊出整版詩創作、詩評論等。從不停刊）。

一九八七年　《橘子的話》詩集榮獲臺灣華僑救國聯合總會華文著述獎「新詩首獎」，除頒獎章獎金外，並頒獎狀。評語：寫出華僑的心聲及對祖國與先人的懷念，清新簡潔感人至深。

一九八七年　詩作〈拍照〉收入《小詩選讀》，張默編，臺灣爾雅出版社出版。張默說：「和權善於經營小詩。『拍照』一詩語句短小而厚實，敘事清晰而俐落……其中滿布以退為進，亦虛亦實，似真似假的情境……有人以『自然美、純淨美、精短美、親切美、暢曉美』（姚學禮語）來稱許他，亦頗貼切。」

一九八七年　臺灣《時報週刊・七六九期》，刊出和權撰寫的〈獨行的旅人〉（作家談自己的書。我寫「你是否撫觸到衣襟上被親吻的痕跡」），並附和權照片。

一九八八年　與林泉、李怡樂（一樂）合著詩評集《論析現代詩》，香港銀河出版社刊行。同時編選《萬象詩選》。

一九八九年　二度蟬聯菲律賓王國棟文藝基金會「新詩獎」。評審委員：蓉子等。

一九八九年　獲菲華兒童文學研究會、林謝淑英文藝基金會童詩獎。

一九九〇年　大陸知名詩人柳易冰主編的詩選集《鄉愁——臺灣與海外華人抒情詩選》（河北人民出版社），收入和權的詩〈紹興酒〉，又在大陸著名的《詩歌報》「詩帆高掛——海外華人抒情詩選萃」中介紹和權的生平與作品。

一九九一年　詩集《你是否撫觸到衣襟上被親吻的痕跡》出版，羅門作序，華曄出版社。

一九九一年　榮獲臺灣僑務委員會獎狀。評語：華僑作家陳和權先生文采斐然，所作詩集反映時事對宣揚中華文化促進中菲文化交流貢獻良多特頒此狀以資表揚。並頒獎金。

一九九一年　詩評論〈迷人的光輝〉及〈試論羅門的週末旅途事件〉二篇，收入《門羅天下》（當代名家論羅門）一書，文史哲出版社。

一九九一年　小品文〈羅敏哥哥〉，收入臺灣《中國時報・人間副刊》溫馨專欄精選暢銷書《愛的小故事》，焦桐主編，時報文化出版社。

一九九一年　獲中國全國新詩大賽「寶雞詩獎」。

一九九二年　詩集《落日藥丸》出版，菲律賓現代詩研究會出版發行，列入「萬象叢書之四」。

一九九二年　大陸著名詩評家李元洛評論文章〈千島之國的桔香——菲華詩人和權作品欣賞〉，收入李元洛著作《寫給繆斯的情書》，北岳文藝社出版發行。

一九九二年　詩作〈落日藥丸〉，選入香港《奇詩怪傳》，張詩劍主編，香港文學報社出版。

一九九二年　《落日藥丸》詩集，榮獲臺灣「中興文藝獎」，除頒第十六屆中興文藝獎章（新詩獎）壹枚外，並頒獎金。

一九九三年　臺灣文藝之窗「詩的小語」（張香華主持）於七月四日警察廣播電臺介紹和權生平，並播出和權的詩多首：〈鞋〉、〈拍照〉、〈鈔票〉、〈我的女兒〉、〈彩筆與詩集〉。

一九九三年　榮獲菲律賓中正學院校友會「優秀校友獎」。

一九九三年　臺灣《文訊》月刊，刊出女詩人張香華的文章〈珍禽——認識七年來的和權〉，並附和權照片。

一九九三年　童詩〈瀑布〉、〈我變成了一隻小貓〉、〈不公平的媽媽〉、〈螢火蟲〉四首，收入「世界華文兒童文學」（World Children Literature in Chinese）。中國太原，希望出版社刊行。

一九九三年　詩作〈潮濕的鐘聲〉，榮獲臺灣「新陸小詩獎」。作家柏楊先生代為領獎。

一九九四年　詩作入選臺灣《中國詩歌選》。

一九九四年　詩作多首入選南斯拉夫版《中國當代詩選》，張香華編。

一九九五年　詩作〈橘子的話〉，選入《新詩三百首》（一九一七～一九九五。集海內外新詩人二二四家，三三六首詩作於一書。大學現代詩課堂上採作教材）。張默、蕭蕭編，九歌出版社刊行。

一九九五年　於聯合日報以筆名「禾木」撰寫專欄「海闊天空」至今。

一九九五年　二度榮獲菲律賓中正學院校友會「優秀校友獎」。

一九九五年　詩作多首入選羅馬尼亞版《中國當代詩選》，張香華編。

一九九五年　大陸評論家陳賢茂、吳奕錡撰寫〈談和權〉，收入評述菲華文學的史書。

一九九六年　臺灣《時報週刊・九五九期》，大篇幅刊出和權的詩〈除夕・煙花——給妻〉（選自詩集《落日藥丸》），附謝岳勳之彩色攝影，及模特兒蔡美優之演出。

一九九六年　應邀擔任菲華兒童文學學會主辦第一屆菲華兒童作文

比賽評審委員。獲贈感謝狀。

一九九七年　臺灣《時報週刊・九八五期》，大篇幅刊出和權的詩《印泥》，附黃建昌之彩色攝影，及影星何如芸之演出。

一九九七年　五四文藝節文總於自由大廈舉辦慶祝晚會，多名女作家朗誦和權長詩〈狼毫今何在〉（朗誦者：黃珍玲、小華、范鳴英、九華等人）。

一九九七～一九九九年　應邀擔任菲律賓僑中學院總分校中小學生作文比賽之評審委員。獲贈感謝狀。

二〇〇〇年　《和權文集》出版，雲鶴主編，中國鷺江出版社出版發行。附錄邵德懷、李元洛、劉華、姚學禮、林泉、吳新宇、周柴評論文章。

二〇〇〇～二〇〇一年　再度應邀擔任菲律賓僑中學院總分校學生作文比賽之評審委員。獲贈感謝狀。

二〇〇六年　詩作〈葉子〉，收入臺灣《情趣小詩選》，向明主編，聯經出版社刊行。

二〇〇八年　大陸評論家汪義生撰寫〈華夏文脈的尋根者——和權和他的《橘子的話》〉，收入他的評論集《走出王彬街》。

二〇一〇年　《創世紀詩雜誌・第一六二期》，刊出和權的詩創作〈從「象牙」到「掌中日月」十首〉，並刊出二〇〇九年十二月廿九日，攜一對子女訪臺時，與創世紀老友多人在臺北三軍軍官俱樂部雅集之照片。

二〇一〇年　臺灣《文訊・二九二期》，刊出和權於二〇〇九年十二月三十一日，與多位創世紀詩社同仁拜訪文訊雜誌社（封德屏總編輯親自接待。大家一同參訪文訊資料中心書庫，並在現場留影）之照片。該期介紹和權生平及作品。

二〇一〇年　臺灣《文訊・二九四期》，刊出和權詩兩首〈砲彈與嘴巴〉及〈集郵〉。附彩色攝影照片，十分精美。

二〇一〇年　於聯合日報社會版「海闊天空」闢「詩之葉」，致力提昇詩量詩質，影響社會風氣。

二〇一〇年　臺灣《文訊・二九七期》再度刊出和權的詩二首〈咖啡〉與〈黑咖啡〉。附彩色攝影照片，至為精美。

二〇一〇年　詩集《我忍不住大笑》出版，楊宗翰主編，臺灣秀威文化公司刊行（列入「菲律賓・華文風」叢書之十）。

二〇一〇年　《和權詩文集》出版，陳瓊華主編，菲律賓王國棟文藝基金會刊行（列入叢書之十）。

二〇一〇年　九月，詩作〈熱水瓶〉收錄南一書局出版之中學國文輔助教材《基測綜合題本》。

二〇一〇年　詩集《隱約的鳥聲》出版，楊宗翰主編，臺灣秀威資訊科技股份有限公司製作發行（列入「菲律賓・華文風」叢書之十九）。該書剛出版，國立臺灣大學圖書館即購一冊。記錄號碼：B3723139。

二〇一〇年　〈獨飲〉一詩刊於《文訊》。附彩色攝影照片，很是精美。

二〇一一年　詩作多首譯成韓文，刊於韓國重量級詩刊。

二〇一一年　詩二首〈筵席上〉與〈礁〉，收入蕭蕭主編之《二〇一〇年臺灣詩選》，亦即《年度詩選》一書。

二〇一一年　詩作〈橘子的話〉收入《漢語新詩鑒賞》，傅天虹主編。

二〇一一年　〈大地震之後〉一詩刊《文訊》。附彩色攝影照片，極為精美。

二〇一一年　詩作〈鐘〉又被臺灣康熹文化（專門製作教科書、參考書的出版社）選入教材，亦即用於《高分策略——國文》。

二〇一一年　中、英、菲三語詩集《眼中的燈》出版，菲律賓華裔青年聯合會刊行。

二〇一二年　詩集《回音是詩》出版，楊宗翰主編，臺灣秀威資訊科技股份有限公司製作發行（列入「菲律賓・華文風」叢書之廿一）。

二〇一二年　獲菲律賓作家聯盟（UMPIL）頒詩聖描轆沓斯文學獎GAWAD RAMBANSANG ALAGAD NI BALAGTAS，該獎為菲國最高文學獎，亦為「終身成就獎」。

二〇一二年　三語詩集《眼中的燈》之菲譯版（由施華謹先生翻譯），在年度甄選的最佳國家圖書獎（National Book Awards）中入圍，該獎是菲國榮譽最高的圖書獎每年被提名的由各主要出版社出版的優秀書籍多達幾百本，能夠入圍的卻僅有數本。

二〇一二年　三語詩集《眼中的燈》除在菲國兩家主要書店National Book Store和Power Books，上架出售外，也在菲國數間大學被當作翻譯課本使用。

二〇一二年　詩評集《華文現代詩鑑賞》，與林泉、李怡樂合著出版，臺灣秀威資訊科技股份有限公司製作發行，列入新銳文叢之十九。

二〇一二年　受聘為菲律賓「第一屆亞洲華文青年文藝營」之顧問。

二〇一三年　馬尼拉計順市華校，擇取和權詩作〈殘障三題〉等，訓練學生朗讀。

二〇一三年　二月十六日，華校學生在此間愛心基金會朗讀和權的作品〈樹根與鮮鮑〉、〈和平之城〉、〈殘障三題〉。

二〇一三年　臺灣某校高二課程有現代詩，侯建州老師把和權的作品拿出來分享討論。

二〇一四年　詩集《震落月色》出版，臺灣秀威資訊科技股份有限公司製作發行，列入秀詩人01。

二〇一四年　和權的詩五篇〈漂鳥〉、〈在畫廊〉、〈住址〉、〈即景〉、〈一尾詩〉選入聯合新聞網udn閱讀藝文〈獨立作家詩選〉——選自《震落月色》詩集。

二〇一四年　和權詩集《我忍不住大笑》、《隱約的鳥聲》、《回音是詩》、《震落月色》、《眼中的燈》（三語詩集）、《華文現代詩鑑賞》等著作，入藏北京「中國現代文學館」。

二〇一四年　詩集《霞光萬丈》出版，臺灣秀威資訊科技股份有限公司製作發行，列入秀詩人03。

二〇一四年　和權的詩〈金錢草〉選入臺灣名詩人張默傾力編成的第三部小詩選《小詩・隨身帖》。

二〇一四年　十月，《創世紀》創刊一甲子，《文訊雜誌》特別展出創世紀一八〇期詩刊封面，以及四十七位創世紀同仁風格獨具的詩手稿。和權的小詩手稿〈殘障三題〉，與他的照片和簡介一同展出。（地點：臺北市紀州庵文學森林。日期：十月九日至十月廿六日）

二〇一五年　詩集「悲憫千丈」出版，臺灣秀威資訊科技股份有限公司製作發行，列為讀詩人64。

二〇一五年　中國劇作家協會文學部主辦「華語詩人」大展（八五），推出和權（菲律賓）詩作二十二首。

二〇一六年　「唯美詩歌學會」推薦唯美菲籍華裔著名詩人和權詩作八首（附輕音樂）

二〇一六年　東南亞華語詩人作品選《三》，推薦和權詩作〈橘子的話〉、〈找不到花〉。

二〇一六年　臺灣畢仙蓉老師朗讀和權詩作八首。字正腔圓且充滿感情的朗誦，令人一而再聆聽。

二〇一六年　中國萬象文化傳媒詩人，推薦和權的詩十二首。

二〇一六年　榮獲中國八仙詩社擂臺賽「一等獎」，亦即第一名（全國各地三十多位知名詩人參賽）。

二〇一六年　臺灣這一代詩歌社與資深青商總會合辦「吟遊臺灣詩詞大賞」活動。榮獲詩獎。

二〇一七年　應邀為中國丐幫「華韻杯」詩賽評委。

二〇一七年　應聘為「中華漢詩聯盟」顧問。

二〇一七年　中國「蓼城詩刊」第18期，短詩聯盟推薦和權的詩八首，亦即「新年八首」。

二〇一七年　「中華漢詩聯盟」多次為和權製作個人專輯，刊出詩多首。

二〇一七年　臺灣「給蠶：新詩報2016年度詩選」，收入和權的詩四首：1.畫夢、2.撐開的傘、3.一張照片、4.一抹彩霞。

二〇一七年　中國周末詩會337期，刊出和權的詩多首。

讀詩人111　PG1832

落日是紅顏
——和權詩集

作　　者	和　權
責任編輯	林昕平
圖文排版	周妤靜
封面設計	葉力安

出版策劃	釀出版
製作發行	秀威資訊科技股份有限公司 114 台北市內湖區瑞光路76巷65號1樓 電話：+886-2-2796-3638　傳真：+886-2-2796-1377 服務信箱：service@showwe.com.tw http://www.showwe.com.tw
郵政劃撥	19563868　戶名：秀威資訊科技股份有限公司
展售門市	國家書店【松江門市】 104 台北市中山區松江路209號1樓 電話：+886-2-2518-0207　傳真：+886-2-2518-0778
網路訂購	秀威網路書店：http://store.showwe.tw 國家網路書店：http://www.govbooks.com.tw
法律顧問	毛國樑　律師
總 經 銷	聯合發行股份有限公司 231新北市新店區寶橋路235巷6弄6號4F 電話：+886-2-2917-8022　傳真：+886-2-2915-6275

出版日期	2017年9月　BOD一版
定　　價	280元

Printed in Taiwan

國家圖書館出版品預行編目

落日是紅顏：和權詩集 / 和權著. -- 一版. --
臺北市：釀出版, 2017.09
面； 公分
BOD版
ISBN 978-986-445-221-7(平裝)

851.486 106014918

讀者回函卡

感謝您購買本書，為提升服務品質，請填妥以下資料，將讀者回函卡直接寄回或傳真本公司，收到您的寶貴意見後，我們會收藏記錄及檢討，謝謝！
如您需要了解本公司最新出版書目、購書優惠或企劃活動，歡迎您上網查詢或下載相關資料：http:// www.showwe.com.tw

您購買的書名：________________________________

出生日期：________年________月________日

學歷：□高中（含）以下　□大專　□研究所（含）以上

職業：□製造業　□金融業　□資訊業　□軍警　□傳播業　□自由業
□服務業　□公務員　□教職　□學生　□家管　□其它_____

購書地點：□網路書店　□實體書店　□書展　□郵購　□贈閱　□其他

您從何得知本書的消息？
□網路書店　□實體書店　□網路搜尋　□電子報　□書訊　□雜誌
□傳播媒體　□親友推薦　□網站推薦　□部落格　□其他__________

您對本書的評價：（請填代號　1.非常滿意　2.滿意　3.尚可　4.再改進）
封面設計____　版面編排____　內容____　文／譯筆____　價格____

讀完書後您覺得：
□很有收穫　□有收穫　□收穫不多　□沒收穫

對我們的建議：________________________________

____

____

____

請貼
郵票

11466
台北市內湖區瑞光路 76 巷 65 號 1 樓
秀威資訊科技股份有限公司 收
BOD 數位出版事業部

....

（請沿線對折寄回，謝謝！）

姓　　名：________________　　年齡：________　　性別：□女　□男

郵遞區號：□□□□□

地　　址：____

聯絡電話：(日) ________________ (夜) ________________

E-mail：____